¡No quiero leer!

A.P. Hernández

Sobre el autor:

Antonio Pérez Hernández es maestro de Educación Primaria (especialista en Educación Musical, Audición y Lenguaje y Pedagogía Terapéutica), pedagogo, Máster en Investigación e Innovación en Educación y Doctor, mención cum laude, por su Tesis Doctoral *Evaluación de la competencia en comunicación lingüística a través de los cuentos en Educación Primaria.*

Ha sido galardonado con un Accésit en el Premio de Creación Literaria Nemira y resultado Finalista en el Certamen Internacional de Novela Fantástica y de Terror Dagón.

Ha publicado más de cincuenta libros, los cuales han sido traducidos a siete idiomas: griego, alemán, portugués, italiano, inglés, francés y neerlandés.

En la actualidad combina su labor docente con la escritura.

Página web: www.aphernandez.com

Índice

CAPÍTULO 1

Martín

Martín tiene ocho años y, de mayor, quiere ser como su gato.

Peluche, su minino blanco, es el animal más feliz del mundo. Al fin y al cabo, ¿a quién no le gustaría pasarse el día entero tumbado en el sofá? ¿Quién rechazaría una vida de holgazanería desprovista de problemas, preocupaciones y de colegio?

Martín, todas las mañanas de su vida, antes de salir por la puerta de su casa para dirigirse a aquel horrible lugar al que no tenía más remedio que asistir, echaba un vistazo a Peluche. Y al verlo allí, ronroneando a pata suelta en el sofá, no podía sino suspirar de impotencia al tiempo que el mismo pensamiento atravesaba su mente:

—¡Ojalá fuera un gato! —se decía, resignado—. ¡Ojalá no tuviera que ir nunca más a la escuela!

Y es que Martín odia estudiar, odia los libros y detesta profundamente hacer exámenes. Pero si hay algo que aborrece más que nada, son sus notas.

Acaba de terminar segundo curso de Primaria y ha suspendido cinco asignaturas.

Martín no quiere ni pensarlo, pero a juzgar por la conversación que mantuvo Josefina, su maestra, con sus padres, es más que probable que repita curso.

CAPÍTULO 2
¿Vacaciones?

A Martín acaban de darle sus vacaciones de verano.

A diferencia del resto de sus compañeros, quienes salieron por la puerta del colegio dando saltos, riendo y correteando súper felices, Martín arrastra como puede su pesada mochila.

Está repleta de libros. Son los deberes que Josefina le ha mandado para el verano.

Sí, sí… ¡Has oído bien! ¡Para el VERANO!

Al parecer, sus maestros no han tenido bastante con las tareas diarias que durante todo el curso le han estado obligando a hacer. Por lo visto, además, también quieren fastidiarle sus vacaciones de verano.

Martín, cuando era pequeño, iba a la playa con sus padres, se bañaba, hacía castillos y torres de arena tan altas que parecían tocar el cielo… Pero ahora todo eso se ha acabado.

Sus padres están muy enfadados con él.

Cinco suspensos son demasiados.

—Pero Martín, por favor, ¿cómo has podido suspender incluso Educación Física?

Y Martín no sabe qué responder.

Simplemente agacha la cabeza, avergonzado, sin comprender cómo ha podido dar lugar a esta situación.

CAPÍTULO 3

¡Sin dibujos!

Las vacaciones de verano han comenzado oficialmente y Martín ya está manos a la obra.

Está encerrado en su habitación, sentado frente a su escritorio, contemplando la monumental pila de libros y ejercicios que le aguardan:

✓ Un libro entero de Matemáticas (¡con sumas y todo!).
✓ Diez fotocopias de Lengua.
✓ Un cuadernillo de Inglés (¡como si a él le importara lo más mínimo manejar idiomas!).
✓ Un montón de fichas de Ciencias de la Naturaleza.

Pero, sin duda, lo peor acecha debajo del montón de libros.

Martín lo ha guardado allí para no verlo.

Un libro.

¡Como lo oyes! Su maestra Josefina lo ha OBLIGADO a leer un libro, y no te creas que es un libro con dibujos. Nada. Martín pasó sus páginas en busca de alguna imagen, pero no encontró ninguna. ¡Solo palabras, palabras y más palabras!

Martín no entiende nada. Puestos a leer, ¿por qué no puede escoger su propia lectura? ¿Por qué Josefina ha de decirle qué tiene que leer?

Si Martín hubiera tenido la oportunidad de escoger un libro, sin duda, habría seleccionado el maravillo *Los colores del arcoíris.*

Aquello sí que es un libro de verdad, ¡un libro como Dios manda!

A Martín no le importaría leer cosas así. *Los colores del arcoíris* es un libro de siete páginas, una por cada color del arcoíris.

Y lo mejor de aquella obra maestra es que NO TIENE LETRAS, solo dibujos.

Una página de color rojo, otra naranja, una página amarilla, la siguiente verde, la otra turquesa, la que viene azul y la última violeta.

¡YA ESTÁ!

Pero el libro que Josefina lo obliga a leer…
¡Eso es otra cosa!

Martín, en un acto de valía, lee el título: *Las increíbles aventuras de Liam.* Y luego contempla el dibujo de su portada, el único que vería de aquella obra: aparecía un niño rubio y canijo con la nariz muy grande.

CAPÍTULO 4

Por la mar

Martín no sabe por dónde empezar. Pero ha de empezar. Sus padres le han prometido que, si trabaja, el fin de semana se irán a la playa. Martín sonríe imaginándose corriendo por la orilla del mar, sus pies, hundiéndose ligeramente en la arena mientras la brisa marina acaricia su rostro…

Se le antoja un sueño. Algo casi imposible de alcanzar.

—Pero quiero ir a la playa —le dice a Peluche.

El gato está tumbado en su cama, con la cabeza hundida en los almohadones. Peluche no abre los ojos. El único signo que demuestra que lo ha escuchado es el pequeño movimiento de su oreja izquierda.

—Quiero ir a la playa —se repite, sentándose frente a su mesa de trabajo—. Y no tengo más remedio que hacer algo…

Martín echa un vistazo a la inabarcable pila de fichas y libros.

Aquello es demasiado. No sabe por dónde empezar.

Desesperado, coge el libro *Las increíbles aventuras de Liam,* pero con la única intención de observar una vez más su portada. Aquel niño rubio y canijo con la nariz muy grande debía de ser Liam.

Martín, sin saber muy bien por qué, abre el libro y comienza a leer las primeras palabras:

Liam es un niño muy especial: puede hablar con los animales.

Pero Liam nunca le dio importancia, para él, entablar una conversación con una gallina es tan natural como intercambiar cromos con sus compañeros de clase.

Martín sonríe. Se gira hacia la cama, deseando echar un vistazo a Peluche, pero para su asombro, comprueba que ya no está durmiendo. El gato ahora está sentado a los pies de su cama, erguido, con la vista fija en él. Sus maravillosos ojos almendrados lo observan con sumo interés.

—¿Quieres que te lea en voz alta? —le pregunta.

El gato da un salto y se sienta en su regazo. Martín lo acaricia bajo la barbilla, ahí donde a Peluche tanto le gusta.

—Está bien —le dice—, te leeré un poco.

Liam aprendió a hablar con los pájaros con tan solo tres años. La verdad, te sorprendería saber lo parlanchines que son y las impresionantes historias que cuentan. Liam una vez conoció a un gorrión que aseguró haber comido pan de la mano de un rey, y en otra ocasión, entabló amistad con una gaviota que afirmaba haber sobrevolado los siete mares…

CAPÍTULO 5
Un descubrimiento
insólito

A la mañana siguiente, Martín está agotado. Sin duda, la lectura de ayer le está pasando factura. Tiene los ojos enrojecidos por el gran esfuerzo de leer casi dos páginas.

Martín se estira en la cama, entreabriendo los ojos para volver a cerrarlos rápidamente.

Ya ha amanecido. La luz del sol se filtra por la ventana e ilumina su escritorio como un poderoso foco de teatro.

—¡Que comience el espectáculo! —le dijo una voz—. ¡Has de seguir con la lectura!

Martín da un respingo y se pone en pie. Pensaba que estaba solo, pero…

—¿Quién ha dicho eso? —le pregunta a la habitación vacía—. ¿Quién hay?

—No te asustes —le responde aquella voz tan desconocida y, al mismo tiempo, tan peculiarmente familiar—. Solo soy yo.

Peluche aguarda a los pies de su cama. Una vez más, lo mira con suma atención.

—¿A qué esperas? —le dice—. Levántate, desayuna y ponte manos a la obra, ¡vamos!

Martín abre la boca, atónito. Si no es porque sabe que es imposible, juraría que Peluche acababa de habl…

—¡Venga, Martín! —le insiste, articulando las palabras con toda claridad— El libro está muy interesante, ¿no crees?

CAPÍTULO 6

Con pescado y verduras, por favor

Martín se echa agua fría en la cara.

—¡No puede ser! —se dice, abofeteándose los mofletes con suavidad—. ¡No puede ser!

Tal y como suponía, la culpa de aquella locura la tenían los libros. Después de la pasada a leer que se dio ayer (¡dos páginas enteritas!), era obvio que su cerebro se había dañado.

Solo aquello podría explicar las palabras que acababa de escuchar de la boca de Peluche.

—¡Los gatos no hablan! —Y se vuelve a echar agua en el rostro—. ¡Los gatos no hablan!

Para despejar cualquier duda con respecto a si todo aquello es parte de un sueño del que todavía no ha despertado, Martín mete la cabeza debajo del chorro de agua fría del grifo del lavabo.

Se contempla en el espejo, con sus rizos azabache resbalando, mojados, por su frente.

—¡Esto no es real! —le dice al Martín del espejo—. Y ahora vas a ir a tu habitación, vas a mirar a Peluche fijamente a los ojos y le vas a decir: ¡oye tú, los gatos no hablan!

Y así lo hace.

Martín se dirige a su dormitorio, abre la puerta con firme determinación, se sitúa frente a Peluche, mirando intensamente sus ojos color avellana y le dice:

—¡No puedes hablar!

Peluche inclina la cabeza hacia la derecha, como extrañado.

—¡Los gatos no hablan! ¡Y tú eres un gato! ¡Así que no puedes hablar! ¿Entendido?

El felino no dijo nada… Como siempre, ronroneaba, pero nada más.

—Así está mucho mejor —se dice, victorioso—. ¡Todo vuelve a la normalidad!

Martín se encamina a la puerta de su habitación, deseoso de bajar a la cocina, apurar un buen tazón de leche con magdalenas y, con un poco de suerte, invertir el resto de mañana en hacer alguna suma, pero…

—¿Vas a desayunar, Martín?

Martín se queda inmóvil, paralizado como una estatua. Lentamente, gira la cabeza para comprobar cómo, una vez más, su gato habla con total naturalidad.

—¡Bajo contigo! —Peluche dio un salto y, comenzó a frotarse contra la pernera de su pantalón—. ¡Yo también tengo hambre! De hecho, me apetece una lata, de esas con pescado y verduras.

CAPÍTULO 7

Como un loro

Peluche no para de hablar durante el desayuno. Los padres de Martín, por lo visto, no pueden escucharlo, pues ninguno hace ningún comentario al respecto.

—Hijo, ¿estás bien? —le pregunta su madre—. Te veo un poco pálido.

—Tienes mala cara —confirmó su padre—. ¿Es por los deberes? Si es por eso, no te preocupes. Trabaja un poco esta semana y el finde nos vamos a la playa…

Pero Martín no lo escucha.

Toda su atención se centra en Peluche que, en la esquina de la cocina, da buen provecho de su lata de pescado y verduras.

—¡Qué rica está! —dice mientras come—. La compartiría con vosotros, pero ya sabéis, es comida para gatos, no para humanos… Además, no sabrías apreciar su sabor…

Martín, bajo la atenta mirada de sus padres, se mete en la boca dos magdalenas de golpe, las engulle sin apenas masticarlas y, de un trago, se bebe su Cola Cao.

—¡Voy a trabajar! —le dice a sus padres.

—¡Menuda lata me estoy zampando! —seguía hablando Peluche—. Esto sí que es comida de calidad…

Martín lo coge y, haciendo oídos sordos a sus protestas, se lo lleva de vuelta a su habitación.

CAPÍTULO 8
Mil universos

Martín se sienta en su silla de trabajo y planta a Peluche frente a él, a un lado de la pila de libros.

—¿Se puede saber qué te pasa? —le pregunta, furioso—. ¿Cómo es que puedo oírte?

Peluche se relame el hocico.

—Por lo que a mí respecta, siempre he podido hablar.

Martín se deja caer contra el respaldo de su silla.

—Creo que me estoy volviendo loco —se sincera—. ¡Esto no es posible!

Peluche bosteza, mostrando su cuidada y joven dentadura.

—Martín, no te preocupes —le dice con voz aterciopelada—. No creo que te estés volviendo loco ni nada por el estilo.

—No debí empezar a leer aquel libro —se lamenta—. Tal vez... Tal vez esto esté relacionado de algún modo...

—¿Bromeas? —Peluche levanta la cabeza, situándose a la misma altura que su dueño—. El hecho de que empezar a leer aquel libro está, sin lugar a dudas, relacionado con que ahora estemos manteniendo esta conversación.

—Pero entonces…

—¡Ssshhh! —Peluche se lleva una pata a la boca, rogándole silencio—. Escucha, Martín. ¿Y no se te ha ocurrido pensar que, quizá, seas tú quien esté imaginando que yo hable? Como bien dices, ¡los gatos no hablamos!

Martín, pensativo, se lleva la mano a la barbilla.

—Quieres decir que…

—¡Sssshhh! —Peluche le vuelve a pedir que se calle—. Martín, ayer, por primera vez en tu vida, cogiste un libro… Y no me refiero a un libro de texto de esos del colegio, ni un libro plagado de dibujos… Hablo de un libro DE VERDAD.

Martín sigue pensando.

—Sin duda, las dos páginas que leíste ayer han estimulado zonas de tu cerebro que han permanecido dormidas durante toda tu vida… Hasta hoy.

—¿Quieres decir que leer me ha dado superpoderes?

Peluche lo mira, sonriente.

—No, Martín. No tienes ningún superpoder. Al igual que yo no puedo hablar.

—¿Pero entonces...?

—Ayer, Martín, despertaste tu imaginación, esa poderosa facultad que nos permite inventar, imaginar y soñar.

—¿Entonces esta conversación no es real? — pregunta Martín, aliviado y decepcionado a un tiempo.

—Es real en tu imaginación —le asegura Peluche—, pues los libros nos ofrecen la posibilidad de conocer otros mundos, de viajar en el tiempo, de volver a nacer y vivir mil vidas distintas.

Martín se sume en sus pensamientos. Observando bien a Peluche, su boca no se mueve cuando habla. Probablemente se lo esté imaginando todo.

—Ayer leí cómo Liam hablaba con los animales —recordó, sorprendido—. Y por eso ahora fantaseo con la posibilidad de hacerlo yo también.

Ahora, Martín lo comprende todo. Rápido, coge el libro *Las increíbles aventuras de Liam* y se tumba en la cama.

Martín comienza a leer, y lee de forma distinta a como lo hizo ayer.

Ahora no cuenta las palabras, ni las páginas, ni tan siquiera le escuecen los ojos. Por el contrario, Martín se sorprende riendo con las aventuras de Liam y, al hacerlo, siente su imaginación sobrevolar más allá de las nubes.

FIN

Gracias por leer este libro.

Si te ha gustado, no olvides dejar tu opinión en Amazon. Solo te llevará unos minutos y servirá para que potenciales lectores sepan qué pueden esperar de esta obra.

Muchas gracias.

Descubre todos los libros de Antonio Pérez Hernández en

www.aphernandez.com